KB243063

요즘 우울하십니까?
김언희 시집

문학동네시인선 004 김언희
요즘 우울하십니까?

시인의 말

책을 끝내는 것은 아이를 뒤뜰로 데려가 총으로 쏴버리는 것과 같아, 카포티가 말했습니다. 은둔자는 늙어가면서 악마가 되지, 뒤샹이 말했습니다. 웃다가 죽은 해골들은 웃어서 죽음을 미치게 한다네, 내가 말했습니다.

종이가 찢어질 정도로 훌륭한 시를, 용서할 수 없을 정도로 잘 쓰고 싶었습니다.

2011년 이 시집을 읽어주시는 분들께,

김언희

차례

에 적절한 질문을 작성하시오. (주관식 서술형)

II

III

일러두기
본문의 한자 표기 방식은 저자의 표현 의도에 따라 시편마다 그 표기법을 달리 했음을 알려드립니다. 본문 중 이탤릭체로 쓰인 부분은 인용이나 차용임을 밝혀둡니다. 저자의 의도에 따라 주를 생략합니다.

I

벼락 키스

벼락을 맞는 동안

나무는 뭘 했을까

번개가 입속으로

치고 들어가 자궁을

뚫고 나오는 동안

벼락에 입술을 대고

연어

하루 이만 개의 알을 싸지른다 연어

되돌아가 이만 개의 알을 삼켜버린다 연어

하루 이만 번씩 진저리를 친다 연어

이제 아무하고도 안 한다 연어

金이고 朴이고 하고 보면 죄다 근친이다 연어

뒷구멍으로 죄다 피가 섞였다 연어

해피 선데이

동물 농장 사자들이
코끼리 똥에
온몸을
문지르며 웃는

일요일

십일조를 받고
하느님은
내 죄를
달게
먹어주신다

자기!
부르면
동네 개가
다
돌아보는

일요일

애인 위에
애인을

눕히는 일요일
애인이 애인 위에
누적되는

일요일

개구기(開口器)를 물자 말자

개고기가 먹고 싶다, 개구기를 물자 말자. *뿌리까지 썩었군요. 썩은 치욕은, 썩는 치욕은, 마취가 안 됩니다.* 죽은 건 여러분인데 썩은 건 나라니! 요망한, 요오망한 요단강 마저 지저분한 도랑물에 불과하다니,

요단아, 내 강아지야! 장롱 속에서 나프탈렌을 쪽쪽 빨아 대고 있는 주둥이, 그 주둥이로 내 발가락을 쪽쪽쪽 빨아 다오. 빨아주렴, 요망한 강아지야. 너무 뜨거운 것을 물어 이빨이 홀라당 빠져버린 강아지야!

꿈에, *저 여자는 첫 남자와 끝까지, 사랑하나요 멸치 똥을? 끝까지 함께 까나요?* 꿈에, 찰턴 헤스턴이 물었지. 벌거벗은 채 비옷만 걸치고. 궁둥이가 얼음장 같았지, 난 한 번도.

앵두였던 적이 없는 앵두 씨. 어쩌다 여기, 하필 여기, 입이 생기고 말았는지. 하필 여기, 이빨이 돋고 말았는지. 그래도 이 입으로 난 사랑에 열중했다우! 컥 컥컥 뼈다귀를 씹는 개처럼.

시로 여는 아침

변기에 앉아서는 시를 읽읍시다 여보

번번이 족집게가 흰 터럭을 놓치는 아침에도

변기에 앉아서는 일단 시부터 읽읍시다

변의 안색을 살피는 일로 하루를 시작하기 전에

묽거나 굵거나 길거나 짧은 하루를 시작하기 전에

정색을 하고, 정색(正色)을 하고 여보

우리는 천 번도 더 같은 곳에 누었으니까

금방 터질 댐 같은 얼굴을 하고 당신도

나도 아니까 이제 아니까 시를 쓰지 않는 긍지를

이 밤

가로수에 매달린 시체를
아무도 안 본다
샴쌍둥이도
이젠 별거 아니다

줄을 세워서 똥을 먹이면
줄을 서서 똥을 먹는다 애국가를 부르는데
구지가가 나오다니, 스컹크를 잡는 데
썼던 장갑은 십 년이 지나도
냄새가 나고

내 인생은
무료 증정 이벤트에서
무료로 증정받은
개도 웃을
증정품

우린 바나나 껍데기에 미끄러져 여기까지
오게 된 거야, 바나나 껍데기에
미끄러져 첫날밤인지
끝날 밤인지
빼도 박도
못하는 이 밤

넣는 순간, 헛 넣는
죽는 순간, 헛 죽는 이 밤

없소

용설란 같은 것은 여기에 없소 깨어진 턱뼈 같은 것은 여기에 없소 설죽은 고양이 같은 것은 여기에 없소 요염한 거미 같은 것은 거미원숭이 같은 것은 여기에 없소 거꾸로 기어내려올 벽 같은 것은 여기에 없소 어머니 같은 것은 여기에 없소 사랑하는 어머니 썩은 배처럼 웃으시는 썩은 배 시커멓게 썩은 배 같은 것은 여기에 없소 걸쭉한 인공 폭포 같은 것은 여기에 없소 하느님 같은 것은 공중 변기 레버 같은 것은 여기에 없소 우산대에 꿰인 쥐 같은 것은 여기 없소 심야의 면도질 새파랗게 면도질한 혓바닥 같은 것은 여기에 없소 비명 같은 것은 바닥 같은 것은 유령 같은 것은 여기에 없소 생기기도 전에 죽은 아이 같은 것은 시 같은 것은 여기에 없소 파란 아이가 돌리는 파란 접시 같은 것은 여기에 없소 벌 떼처럼 죽음이 잉잉거리고 벌 떼처럼 죽음이 꼬이고 꼬이고 다만 살이 금이 되도록 익는 살구 계단 같은 것 계단 같은 것은 여기에 없소

네 역할은 의자야, 무대 위에서 무덤 대용으로 사용되는
의자, 알지?
그 의자에 앉는 자들은 다 죽은 자들이거나 혹은
죽은 것으로 간주되는 인물들이야

물론 대사는 없어, 인물들은 앉아서 죽고, 앉아서
썩을 거야, 물론 네 위에 앉아서
넌 임종의 흔들의자, 동시에
안치용 안락의자거든

하지만 주인공은 너야, 역할은 의자지만
검은 엿 같은 진물을 흘리며 네 위에 앉아서 썩어가는 인
물들이 소품이야
치명적인 소품들이지

네 발로 등장하고 당연히 퇴장도 네 발로 해야지

이따금 인물들이 네 턱을 페달처럼 밟을 때도 있을 거야
의자의 높낮이를 조절할 때

머리에 피가 안 도는 이유

머리에 피가 안 도는 이유
입가에 프레파라손 연고를 바르는 이유
가위를 찾는데 애 터지게 효자손이 나오는 이유
빤히 보면서도 눈이 멀었다고 생각하는 이유
이 침대에서는 더이상 할 수가 없는 이유
사이즈의 문제가 아닌 이유, 심지어는
한(根)의 공식조차 모르는 이유, 이딴 게
뭐하러 있는 이유
아무나 짓는 죄는 죄가 아닌 이유
택시를 타고도 갈 곳을 말하지 못하는 이유
죽기 위해서건 살기 위해서건 하는 짓은 똑같은 이유
질문과 대답 사이에 몇십 년이 지나가는 이유
뭐가 뭔지 모를 때까지 살아야 되는 이유
똥 누는 것도 열쇠가 있어야 하는 이유
히죽히죽 웃었는데도 복이
안 오는 이유, 하나같이
제 집 안방에서 객사(客死)하는 이유
죽은 어머니가 죽어라 쫓아오는 이유
외나무다리에서만 만나는 이유
사십 년 동안 이 학년인 이유
시가 내게 코를 푸는 이유

정황 D

열두 살에
폐경했어요, 밑구멍에 거미줄
치랴 쳤어요, 누군가에게 파고들면
누군가의 모든 것이 썩어
문드러졌어요, 나의
지옥이, 나의
참호였어요, 침대에서 잠들었는데
물이끼 시퍼런 욕조 속에서
깨어나곤 했어요, 울어야
할지, 웃어야
할지, 몸 둘 바를
몰랐어요, 결정적인 순간마다
배터리가 나가고, 눈이 멀 때까지 꾸역꾸역
마른밥을 먹었어요, 광풍(狂風)에 구르는 모자를
쫓아다녔어요, 두 눈이
멀 때까지, 모든 걸
웃어넘기다
그 웃음에
소름이 끼쳤어요, 팔월에도
허연 입김이 나왔어요, 유령에게도
유령이 있었어요, 범접
못할 입 냄새를
풍기는,

새는,

날면서도 누고 새는, 누면서도 날고, 오오, *탁 트인 비상
(飛翔)!* 턱을 까불든지 말든지, 추녀 끝에서, 끝으로, 실
실 날면서 실실, 깔기고, 날기와 깔기기를 동시 동작으로,
오오, 새는 변비를, 모르고 혈변을, 모르고 치루를, 모르
고 치핵을, 모르고 새는 머리가, 탱탱, 비었고, 뼛속까지
탱탱, 울리도록 비었고, 오오, 새는 누면서도, 날고,

나는 참아주었네

나는 참아주었네, 아침에 맡는 입 냄새를, 뜻밖의 감촉을 참아주었네, 페미니즘을 참아주고, 휴머니즘을 참아주고, 불가분의 관계를 참아주었네, 나는 참아주었네 **오늘**의 좋은 시를, 죽을 필요도 살 필요도 없는 **오늘**을, 참아주었네, 미리 써놓은 십 년치의 일기를, 미리 써놓은 백 년치의 가계부를, 참아주었네 한밤중의 수수료 인상을, 대낮의 심야 할증을 참아주었네 나는, 금요일 철야기도 삼십 년을, 금요일 철야 섹스 삼십 년을, 주인 없는 개처럼 참아주었네, 뒷거래도 밑 거래도 신문지를 깔고 덮고 참아주었네, 오로지 썩는 것이 전부인 생을, 내 고기 썩는 냄새를, 나는 참아주었네, 녹슨 철근에 엉겨 붙은 시멘트 덩어리를, 이 모양 이 꼴을 참아주었네, 노상 방뇨를 참아주었네, 면상 방뇨를 참아주었네, 참는 나를 나는 참아주었네, 늘 새로운 거짓말로 시작되는 새로운 아침을, 봄바람에 갈라터지는 늙은 말 좆을,

9999 9999 9999

집단 폐사시킨 오리들이
집단 부활했어

부활한 오리들이
형광 똥을 깔기며 거리를 활보중이야

똥묻은오리대갈통 똥묻은오리대갈통 앙드레 박이
빨간 페티코트를 입고 우줄우줄 따라
가고 있어 한 걸음 앞으로
가려고 세 걸음씩
뒤로 가고 있어

정말로
지구가 내일 멸망만 한다면
까짓 사과나무
천 그루라도
못 심을 거 뭐 있어

내 눈은
흰자위 하나에 검은자위가 둘, 사실
잎사귀로 가려야 했던 것은
성기가
아니었잖아?

오리대갈통똥묻은오리대갈통똥묻은

호주머니에서 손을 꺼낼 때마다 똥이
묻어나온다 호주머니가
없다면 손을
꺼낼 데가
없을까, 정말?

지병의 목록

날마다 집으로 돌아가는 병
거실에서 길을 잃는 병
여기 내가 왜 있는지 모르는 병
오밤중에 죽은 사람과 잡담하는 병
혼자서 오중주를 연주하는 병
주옥 같은 시를 보면 오줌을 지리는 병
삼 분마다 창밖을 내다보는 병
애인만 보면 게우는 병
무엇이건 물어서 갖다바치는 병
자신의 악취에 나날이 자긍심을 더하는 병
겨우 세운 좆 움켜쥐고 시 쓰러 가는 병
있지도 않은 불알을 털레거리는 병
벌쭉벌쭉 똥구멍으로 웃는 병
침을 눈으로 뱉는 병
끝까지 참고 보기 힘든 코미디를 끝까지 참고 보는 병
어떻게 하면 만인이 자고 싶은 여자가 되나 노심초사하
는 병
생활의 국부를 회중전등으로 비추어 보는 병
새벽 세 시에 당면으로 창자를 채우는 병
하느님을 '여보, 여보'라고 부르는 병
영안실 계단에서 콧노래를 부르는 병
할지도 모르는 짓 때문에 따귀 먼저 맞아두는 병

개도 내가 먹고 싶은지 볼 때마다 묻는 병
어제만 해도 몰랐던 것을
오늘 알고 마는 병

대왕오징어

두 귀를
잡고
번쩍, 들어올려서는

심심한데 우리
뽀뽀나 할까?

진한 정액과도 같은 밤의 한순간

내가 필사적으로 맞붙잡고 있는 대왕오징어의 미끌미끌
한 두 귓바퀴

아무도 못 해본 걸
한번
해볼까, 해볼까, 우리?

아무도 못 삼켜본 걸 삼켜볼까, 한번?

탁한 정액과도 같은 밤의
한순간

요즘 우울하십니까?

요즘 우울하십니까?
돈 때문에 힘드십니까?
문제의 동영상을 보셨습니까?
그림의 떡이십니까?
원수가 부모로 보이십니까?
방화범이 될까봐 두려우십니까?
더 많은 죄의식에 시달리고 싶으십니까?
어디서 죽은 사람의 발등을 밟게 될지 불안하십니까?
혼자 있어도 혼자 있는 게 아니십니까?
개나 소나 당신을 우습게 봅니까?
눈 밑이 실룩거리고 잇몸에서
고름이 흘러내리십니까?
밑구멍이나 귓구멍에서 연기가 흘러나오십니까?
말들이 상한 딸기처럼 문드러져 나오십니까?
양손에 떡이십니까, 건망증에 섬망증?
막막하고 갑갑하십니까? 답답하고
캄캄하십니까? 곧 미칠 것
같은데, 같기만
하십니까?

여기를 클릭
하십시오

거품의 탄생 1

맥주로 오줌을 만드는 내가
오줌으로 거품을 일으키는 내가
내 거품 속에 활딱 벗고 서서
비너스 푸티카! 비너스 푸티카!
머리카락을 씹고 있는 내가
나의 옥좌 나의 변기에 걸터앉아
발밑을 굽어보는 내가 나를 너무
우습게 알고 사는 건 아닐까 깊은
시름에 잠기는 내가 뭐로 보여
보이냐구 물때 낀 욕조 바닥에서
버르적거리고 있는 이 털벌레의
눈에는 뭐로 보이나 내가 뭘로
보여야 하나 보이긴 보이나

해변의 묘지

콘에 담긴 백색 대변들과 모피를 입은 한여름 개들과 들썩거리는 물 위의 영안실과 층계참에서 들리는 기이한 뱃노래와 사랑의 썩은 발목과 눈의 가시 목구멍의 가시 항문의 가시 한 번에 죽여드리지 못한 모친과 모친의 모서리 닳은 춘화(春畵)와 함부로 뜯긴 회한의 통조림과 뜯긴 주둥이에 한입 물려 있는 붉은 지렁이 다발과 거스름돈에 물씬 비린내를 발라주는 노파와 가위를 들고 오른손으로 왼손을 섬벅섬벅 잘라 먹는 해변 장어집, 두 시간째 앞접시에 담겨 있는 손톱 없는 손가락

**EX. 1) 옆 페이지의 정답을 잘 읽고, 그 정답에 적절
한 질문을 작성하시오.(주관식 서술형)**

질문 01.

질문 02.

질문 03.

질문 04.

질문 05.

질문 06.

질문 07.

질문 08.

질문 09.

질문 10.

질문 11.

질문 12.

질문 13.

질문 14.

질문 15.

질문 16.

정답 01. 터럭 면류관

정답 02. 수음을 능가하므로

정답 03. 거웃처럼 윤기와 웨이브가 있는 시

정답 04. 내장 속에서 태어나 내장 속에서 죽는 촌충류

정답 05. 더럽게 불리한 더럽게 불길한 증인

정답 06. 1.8분을 넘기지 않는다

정답 07. 있으면 미친다, 없으면 더 미친다

정답 08. 광대버섯, 독우산광대버섯, 혓바닥까지 썩은 두 엄먹물버섯들

정답 09. 혓바닥 위의 구더기

정답 10. 낙원의 개 껌

정답 11. *친족의 기본 구조*에 달린 수학적 부록

정답 12. 지옥의 현관에 까는 환영 매트로 쓸 수 있다

정답 13. 인생이 변하면 착란의 모티브도 변하므로

정답 14. 마요네즈에 버무린 한 세트의 성기

정답 15. 노른자위뿐인 달걀

정답 16. *팔라야바다(Fallayavada)*

장충왕족발

발목을 잘라놓아도

발목을 삶아놓아도 가버리는 것들아

가버리고 없는 것들아
발을 끊은 것들아

저기
저

자지를 둘둘 말고 떠나가는 돼지들아

저 고양이들!

달리는 타이어를 네 다리로 휘감고 있는 저 고양이들! 허벅지 사이에 타이어를 끼우고 굴리는 저 명랑한 고양이들! 털을 날리며 골수를 날리며 내장을 날리며 가뿐하게 달려가는 고양이들! 허벅지를 풀 생각이라곤 털끝만치도 없는 저 앙큼한 고양이들! 굴리고 어르고 핥으며 타이어를 끼고 달리는 저 달콤한 고양이들! 폭염에 녹는 아스팔트 위에서 습자지처럼 벗겨져 일어나는 겹겹의 고양이들! 늘어지게 기지개부터 켜대는 저 늘씬한 고양이들! 샛노란 눈을 가느스름하게 뜨고 망가진 발톱부터 다듬는 저 고양이들!

별이 빛나는 밤

이빨이 몽땅 빠지는 밤이오 별이 빛나는 밤이오 거웃이 몽

땅 빠지는 밤이오 별이 빛나는 밤이오 정수리가 쩍쩍 벌어

지는 밤이오 별이 빛나는 밤이오 그림자가 안 생기는 밤이

오 별이 빛나는 밤이오 비밀이 없는 밤이오 별이 빛나는

밤이오 유령이 없는 밤이오 유리 같은 밤의 처녀들 유리가

유리로 돌아가는 밤이오 별이 빛나는 밤이오 겨드랑이에

불이 붙은 채 날아가는 애인들의 밤이오 살의 폭죽의 불꽃

이 떠받치는 밤하늘 네온 야자수에 이따만한 네온 야자

가 주렁주렁 열리는 밤이오

잠시

잠시만
기다려주십시오

후회중입니다

두 눈을 의심하지 않으셔도 됩니다
후회중이 아니라
후회중

예, 바로 그
후희(後戱)
맞습니다

잠시, 기다려주십시오

II

바셀린 심포니

내가 사랑하는 것은
북두칠성의 여덟번째 별

내가 사랑하는 것은
헛바닥에 구멍을 내고야 마는 추파춥스

내가 사랑하는 것은
아침 새를 잡아서 발기발기 뜯고 있는 고양이

내가 사랑하는 것은
발광하는 입술과 피를 빠는 우주

내가 사랑하는 것은
지금 막 방귀를 뀌려고 하는 오달리스크

내가 사랑하는 것은
직장(直腸)에 집어넣은 탐스러운 폭탄

내가 사랑하는 것은
벼락 맞을 대추나무에 열린 벼락 맞을 대추

내가 사랑하는 것은
금방 뱀에 물린 당신의 얼굴

방주(方舟)

나는야 비치볼 위에 앉아 있는 물개, 방귀를 참으면 트림
이 나오고, 트림을 참으면 방귀가 나오네,

알알이 파고드는 진주알 끈 팬티를 걸치고, 비치볼 방주
위에 도도하게 앉아 있는, 물개 좀 봐라, 비치볼 위의 구
경거리!

*잘 아시겠지만 제 별명은 성감대입니다. 제 엉덩이와 거
시기 사이를 뭐라고 하는지 아시는 분?*

웃기는, 피 마르는, 알알이 파고드는, 이런 끈 팬티는 일
찍이 어디에도 없었네, 어디서부터 갈라졌는지 이런, 볼
기짝은 일찍이

똥구멍에 바짝 힘을 주고서, 미끌미끌한 방주 위에 앉아
있는, 눈이 빠져라 앉아 있는 물개, 내 손은

너무 작다네, 내 요염을 가리기에는,

아직도 무엇이

이 문을 두드리자 벌컥, 저 문이 열린다, 한 번 열린 것은, 닫히는 법이 없다, 밤이고 낮이고 혀를, 말리고 목구멍을, 조인다 아모르포팔루스, 흉측한 꽃을 피우는 거대한 검은, 엽상체, 듬뿍듬뿍 살충제를 받아먹고도 벌레들은 피둥피둥 살이 오르고, 『월간 폐기물21』에서 바리바리 청탁이, 온다 푹푹, 썩는 밤, 너무 크게 자라버린 첨대 밑의, 개, 윗니와 아랫니 사이에 엉겨 붙는 아모르, 숨을 한 번 쉴 때마다 몸 안이 쩍쩍쩍 갈라진다, 그 무엇도, 삼십 초 이상 기다릴 수가 없다, 침을 한 번 삼킬 때마다 길어나오는, 보지 않아도 보이는, 포팔루스, 적당하게 더러운 인생보다 더, 더러운 인생은, 없어, 아모르, 아모르포팔루스, 아직도 무엇이, 모자란다 더, 추잡한 무엇이, 더 기름진, 무엇이

습(習)

피가 날 때까지 머리를 긁어본다. 긴 바늘을 눈에 넣고 돌려본다. 멸종한 *아글라오탐니온 테누이시뭄*은 *아글라오탐니온 비소이데스*와 동종이지만 *아글라오탐니온 수도비소이데스*와는 동종이 아니다. 멸종은 백만 년에 걸쳐서 일어났을까? 백 년에 걸쳐 일어났을까? 하루아침에 일어났을까? 디지털 욕창에서 쑤물쑤물 디지털 구더기가 기어나온다. 쑤물거리는 망막 위의 광(光) 구더기. 눈썹을 밀고 불두덩을 밀고 요들송을 불러본다. 끝나야 할 곳에서 끝나는 법이 없는 요들송. 기억이 기억을, 요들송이 요들송을 획획 피한다. 이르러야 한다는 곳에 이르는 법이 없는 헐떡임, 필살기를 헛 쓰고 쩍 벌리고 잠이 든다. 자기, 내 해골에 괸 물까지 퍼마셔, 마시고 천축(天竺)으로는 자기 혼자 가!

**EX. 2) 아래 시는 (   ) 속에 여러분의 취향에 맞는
낱말을 넣어 새로 쓸 수 있습니다.**

처음에는
더러운(   ) 관계였다가

그런 다음에는 당연히 너무도 더러운(   ) 관계가

그리고 마침내는 극도로 더러운(   )
관계가 되어갔어요, 우린

서로를 통해서만 완성되는 더러움(   )이었어요

더 더러워(   )지려야 더 더러워(   )질 수가 없는
그런 더러움(   )

진부한
더러움(   )이었지만
진기한 더러움(   )이기도 했어요

만트라

나는 더 노래지려고 한다 내 인생에는 추문 사라질 날이
없군 꼬리에 꼬리를 물고 자지에 자지를 물고 시작은 미미
하나 끝은 창대할 악문(惡文) 나는 더 부풀어오르려고 한
다 일식집 상공의 복어처럼 한 번 죽는 맛이라는 이 독미
(毒味) 초침이 헛돌고 분침이 헛돌고 시침이 헛돌고 처음
부터 끝까지 벌어져 있는 살기등등한 음문 *살벌(殺伐)에
싸인 살기등등한 음문* 나는 더 몸 둘 바를 모르려고 한다
눈앞에서 느릿느릿 연기 구렁이를 삼키고 있는 연기 구렁
이 나는 더더욱 몸 둘 바를 모르려고 한다 똥을 보면 그 똥
구멍을 알지요 알까요 똬리를 틀고 나는 집중하려고 한다
피어오르는 더운 구린내에 더 집중하려고 나는 구린내에
구린내를 잇대려고 나는 더더욱 샛노래지려고 나는

해변의 길손

눈을 씻고 보아도 해변에
밀려오는 것은 멸치만한 고래 떼
고래만한 멸치 떼 백사장에는
돌아 앉아 떡을 치고 있는 퍽
퍽퍽 퍽퍽퍽퍽퍽 치다보니
아무래도 이 물개는 그 물개가
눈을 씻고 보아도 있어야 옳을
것이 어째서 없느냐 보여야
옳을 것이 어째서 안 보이느냐
밑을 씻고 닦고 보아도 어째서
어째서 지금 물고 흔드는 게

벡사시옹(Vexations)

1
밥상 위의 파리가 엉겁결에 밥상 위의 파리가 되고 만 것
처럼
金 역시 엉겁결에 金이 되고 말았을 것이다

엉겁결에

2
아무도 金을 찾지 않았을 것이다 그래도 金은 숨었을 것
이다
그것 말고는 달리 할 일도 없었을 것이다

3
목을 맬 때 무슨 생각을 해야 할까, 金이 물었을 것이다
별생각 없을 거야, 金이 대답했을 것이다

4
金이 입을 열자마자 金은 귀머거리가 되었을 것이다
金이 귀를 기울이자마자 金은 벙어리가 되었을 것이다
金이 金과 나눌 수 있는 유일한 황홀경이었을 것이다

5
늘 웃을 곳이 아닌 데서 웃었을 것이다 金은 울 곳이 아

닌 데서 울었을 것이다 金의 웃음은 어떤 울음으로도 울
어지지 않는 울음이었을 것이다 金의 울음은 어떤 웃음으
로도 웃어지지 않는 웃음이었을 것이다 늘 할 곳이 아닌
데서 했을 것이다 金은 늘 눌 곳이 아닌 데서 누었을 것이
다 金조차 金을 이해하지 못하는 것은 이해해서는 안 되
기 때문이었을 것이다 金은 점점 더 웃기는 존재가 되어
갔을 것이다 金은 金을 악물 수 없었을 것이다 아무리 악
물어도 금방 벌어지곤 했을 것이다 헤벌쭉

6
金에게서 金이 꾸덕꾸덕 벗겨져 일어나기 시작했을 때,
金은 金의 끝에 와 있다는 것을 알았을 것이다 金을 金이,
金이 金을, 깎아 질렀을, 새파랗게 깎아 질렸을, 그곳에
서 金은 서서히 金으로 메워지기 시작했을 것이다, 흙가
의 아궁이처럼

7
사실 金은 金에 대해 아는 게 하나도 없었을 것이다 한평
생 金은 金의 뒤통수를 흘낏거렸을 것이다 자면서도 흘낏
거렸을 것이다 金은 金에게 한평생 뒤통수만 보여주는 사
람이었을 것이다

8
심지어는 실종되거나 망각된 적도 없었기 때문에
金은 발견될 수도 기억될 수도 없었을 것이다

9
그럼에도, 金은 金과 하나였을 것이다 똥과 구린내처럼
그럼에도, 金은 金에게 말을 놓지 않았을 것이다
그럼에도, 金은 金을 볼 때마다 게웠을 것이다

가게 되면 앉게 되거든

가게 되면 앉게 되거든, 앉게 되면 먹게 되거든, 남김없
이 먹어치우고 남김없이 게워놓아야 끝이 나거든, 밥상에
머리를 처박고서야 끝이 나는 가족 식사, 벌어져야 하는
일은 벌어질 대로 벌어지거든, 내가 하는 짓을 벌건 대낮
에 개가 하고 있거든, 모든 광경이 믿을 수 없는 광경이거
든, 턱을 떨면서 다리까지 떨어야 하거든, 당신 말씀은 콧
구멍으로 새겨듣거든, 구멍이 웃기 시작하면 곤란하거든,
찌꺼기에게는 찌꺼기의 몫이 있거든, 헛소리만 하기에도
여생이 모자라거든, 이러다가 도를 얻게 될까봐, 이러다
가 말일성도(末日聖徒)로 거듭날까봐 불안해지거든, 나
의 은혜를 나만은 못 잊거든, 한날한시도 잊은 적이 없거
든, 내 인생을 음담 아닌 다른 것으로 채울 순 없거든,

달에게 먹이다

죽은 어머니 숟가락으로 죽을 먹는다

죽은 입속으로 천 번도 더 드나들던

스텐 숟가락 죽은 입술이 천 번도 더

빨아댄 숟가락으로 검은 죽을 먹는다

달 토끼가 밤마다 쇠절구로 빻아대고

있던 건 어미 토끼였어요 아— 하세요

어머니 아— 나는 내 입에 검은 죽을

떠먹인다 한입 한입 죽 같은 어머니

를 검은 달에게 먹인다

너의 입

꿰매 붙인 눈꺼풀들, 나의 머리카락들로, 나의 치모들로,
꿰매 붙인 입술들, 그러나 꿰매지지 않는다, 퍽 퍽 퍽 도
끼날 먹이는 소리, 살이 살을 씹는 소리, 뼈가 뼈를 뜯는
소리, 꿰매지지 않는다, 네 발치의 피 웅덩이, 웅덩이에
서 첨벙대는 파리 소리, 청금색 날개 소리, 꿰매지지 않는
다, 몸뚱이 없는 네 몸뚱이 냄새, 꿰매지지 않는다, 꿰매
지지 않는다, 재로 가득한 너의 눈, 꿰매지지 않는다, 피
로 가득한 너의 입

운구(運柩)용 범퍼카

코끼리를
화분에 심었어,
백 개의 화분에 나눠
심었어, 창고에서 뒷집 개와
잠수함을 탔어, 목구멍에 털이
엉겼어, 롤러코스터에서
안 내리는 수는, 영영
안 내리고 죽는
수는 없나, 한 번도
제 시간에 터져준 적이
없는 도시락
폭탄, 휘발유를
마시고 입으로 훌훌 불을 뿜고
싶었어, 손을 대는 곳
마다 불탄 자국이
남았어, 쥐덫 속
의 쥐꼬리에 불을 붙였어,
운구용 범퍼카, 시속
백사십의 핸들에서
손을
놓았어,

달나라의 불장난 1

LOUISE BOURGEOIS, 1982. R. MAPPLETHORPE

달나라의 불장난 2

괴물 같은 미모에
괴물같이 음탕한 나
새벽닭 울기 전에
삼세번 파정을 하네

새벽닭 울기 전에
눈알까지 새까맣게
타버리고 말
달나라의 불장난

베개만한 남근을
옆구리에 끼고서
신같이 음탕한 나
새벽닭 울기 전에

여름 고드름

미치게 하는 짓이었어요

미치게 하는 짓이었어요 그건
커다란 비눗방울 속에
나를 가두고

터지면 넌
죽은 거야

그해 여름
삐뚜름한 여름 자지는 바로 잡자마자 다시 삐뚤어지고
똥구멍에서 뽑아낸 사랑니는
지붕 위로 던졌어요

지붕을 다 핥고 내려온 핏물이
폭염에 얼어붙고 처마 끝에
얼어붙고 얼어붙은
고드름이 뚝
부러져
벗은 발등에 꽂혔어요 꽂혀

파르르르 떨었어요

똥구멍에 대고 애국가를 불러준 건

사 절까지 불러준 건
당신이
처음이었어요

기(忌)

....

갈매기를 삶았더니 거품만 남았었지, 그때
그 거품 맛
알잖아!

....

응, 그건 커다란 항아리 속으로 머리를 들이미는 느낌이
야
머리를 버썩 깨물릴 것 같지, 번번이

....

그래, 입속에서 점점 더 커질 거야, 그 사탕
뱉을 수 없을 만큼 커질 거야
못 뱉는 거야, 그 흑사탕
미안해

......, 제발

나 좀 바라보지 말아줘, 희끄므레한 굴 같은 눈
희끄므레한 굴 같은 음부로, 제발

．．．．．．．．．．．．．．．．．．．．

너무 아름다워서
추했잖아, 우리

사랑한 뒤에는

사랑한 뒤에는 고기를 굽고, 내 고기는
내가 뒤집고, 사랑한 뒤에는, 생각보다
짧은 다리, 생각보다 짧은 팔로 사랑한
뒤에는, 어째서, 점점 살 곳이 없어지나,
어째서 점점, 죽을 곳이 없어지나, 사랑
한 뒤에는, 생각보다 빨간 목젖, 생각보
다 빨간 혀로 사랑한 뒤에는, *피피 파이
파이*, 변기 닦은 칫솔로 이빨을 닦고, 이
빨 닦은 칫솔로 변기를 닦고, 무슨 끝이
이래, 무슨 끝이 이렇담, 사랑한 뒤에는,
목구멍까지 사랑이, 사랑이 똥집까지 차
오른 뒤에는,

네가 오기 전

네가 잠든 뒤에도 보보 네
고환들은 잠들 줄을 몰라
천천히 눈알들을 굴려 보보
눈알 굴리는 소리가 정말로
들리는 줄은 몰랐어 보보

네가 오기 전까지 내 죄는
모두 흰색이었어 보보 白色
식탁 白色 음욕 죄들은 삶은
빨래처럼 하얬어 보보 내가
입에 대는 고기는 모두 흰
고기였어 네가 오기 전

고양이라는 고양이는 모두
나를 핥았어 꽃잎이라는
꽃잎은 모두 나를 받아
먹었어 갓 내리는 눈
이라도 되는 듯이 나를

로데오

8초 동안, 아버지는 아버지였다
8초 동안, 죽음은 죽음이었다
8초 동안, 연애는 연애였다

손가락 사이가 쩍쩍 달라붙지 않는 8초
화장실에서 립스틱을 바르는 8초
아무하고도 못 넘기는 8초
나하고도 못 넘기는 8초

물엿 같은 졸음이 오기 전 8초

추신

이 음성 다중 섹스트의 웃어넘길 수 없는 서브플롯을 들추어보겠다고 팔뚝을 걷어붙이지 마시오. 걷어붙였다 해도 팔뚝까지 밀어넣진 마시오. 아무리 윤활유로 떡칠을

했다 해도, 아무리 섹스나 살인이나 그게 그거라 해도, 상호 처형이면서 자기 처형이기도 한 이런 성적 실천, 이런 미적 실천은 내장을 파열시킬지 모른다고, 대장항문과 의사들은 누차 경고했소.

시적 충동이나 성적 충동이나 아무리 그게 그거라 해도, 이 시집에 부착된 나일론 노끈은 자위용 혹은 자해용으로밖에는 쓰일 데가 없소. 쓰일 데라고는

없소. 늙은이는 너무 늙어서 못 읽고, 젊은이는 너무 젊어서 못 읽는 대전발 0시 50분, 이 시는 한물간 **아르방가드**의 물색없는 십팔번일 뿐이오. 그건 그렇고

목포는 왜 가는 거요? 부득부득 완행열차를 타고, 딴 먹을 또 따면서

아주 특별한 꽃다발

소리를
질러주어야 할 순간을 깜빡 놓치고
번번이 놓치고, *에잇, 똥이나 처먹어라! 가*
나의 첫 대사이자
마지막 대사야

등을 돌린 채 등장했다가 등을 돌린 채
퇴장하는 내 배역
유일무이한
대사가
끝나기도 전에

내가 받은 꽃다발은

아주아주 특별한 꽃다발
아주 특별하신 분이
특별히 보내신
특별한

꽃다발
괄약근 꽃다발, 당신이 나를 누는 구멍은
내가 당신을 누는 구멍과 같다네
소리를 질러주어야

할 순간을

깜빡
놓치고, 번번이 놓치지마는

마그나 카르타
—선언하면서 동시에 절규할 수 있다면

아침부터 썩어 있을 권리가 있고
하루를 구토로 시작할 권리가 있소
매사에 무능할 권리가 있고
누구나 알아듣는 것을 나만 못 알아들을 권리가 있소
껌껌한 콘크리트 방주를 타고 밤마다 대홍수의 꿈을 꿀
권리가 있소
머리 위로 똥덩이가 둥둥 떠다니는 꿈을 밤마다 꿀 권리
가 있소
에미 애비도 몰라볼 권리가 있고 딱 오 분만 모친의 부고
(訃告)를 즐길 권리가 있소
곡(哭)을 하면서 다리를 떨 권리가 있고 병풍 뒤에서 휘파
람을 불 권리가 있소
파니스 안젤리쿠스를 페니스 안젤리쿠스로 번번이 고쳐
들을 권리가 있고
숨이 끊어질 때까지 수음을 할 권리가 있소
수음을 하면서 숨이 끊어질 권리가 있소
더이상 미래가 궁금하지 않을 권리가 있고
젓가락 행진곡만 삼십 년을 칠 권리가 피가 나도록 칠 권
리가 있소
단고기를 입에 물고 있으면서도 단고기 생각을 할 권리
가 있고
착잡하게 시작해서 찜찜하게 끝을 볼 권리가 있소
소리만 철퍽대다 끝낼 권리가 있소

인생을 바꾸려고 하루 오백 번 항문을 조일 권리가 있고
믿는 도끼에 발등을 대줄 권리가 있소
먼눈이 또 멀 권리가 있고
무엇보다 발가락으로 젓가락질을 할 권리가 있소
대공원의 비둘기가 내 정수리에 버젓이
똥을 눌 권리가 있는 것처럼

III

멍

늦여름 복숭아는 아무렇게나
썩는다 썩는 것의 몸가짐에
대해 배운 바가 없으므로

미친개를 달래듯 제 성기를
달래던 손가락으로 미친개를
달래듯 제 주검을 달래는

손가락이 닿은 곳은 모두 검은
멍이 남는다 검은 멍에서 짧고
부드러운 융모가 돋는다

자두

어머니 손톱으로 자두를 벗기시고

눈꺼풀처럼 말리는 껍질 아래서

검붉은 자두가 스르르 눈을 뜨고

실핏줄로 뒤엉킨 붉은 눈을 치켜

뜨고 따님 따님 우리 따님 어머니

내게 자두를 먹이시고 惡血에 젖은

눈자위를 내 입에 물리시고 어머니

손톱으로 자두를 벗기시고 무남독녀

우리 따님 피자두를 벗기시고

더불어
— 외우(畏友) K에게

피가 나도록 수세미질한 백지와 더불어
백지 위에서 도축한 짐승과 더불어
뿔과 내장과 더불어

뼈를 깎는 연애와 더불어 뼈를 깎는 감창과 더불어

개털 같은 날들의 개털 같은 오입(惡入)들과
오입(誤入)들과
더불어

오한과 더불어

오줌에 삶긴 오리알과 더불어
발정한 염소들의 수박만한 정낭들과 더불어
하느님과 더불어 나를 사랑하시는

좆이 빠져라 사랑하시는
굳이 나를
물고 빠시는 하느님과 더불어

*진정한 예술가이자 예견자, 아름다움을 만들어낼 수 있고 또 실제
로 만들어내기도 하는 거룩한 바보는 주로 자신의 가책, 신성하고
인간적인 자기 양심의 눈이 멀 듯한 형상과 색채 때문에 눈이 부셔
죽고 만다. ─J. D. 샐린저

완자 어육(魚肉)

  잠이 안 온다, 정로환을 먹는다, 뇌가 짖는 소리, 심장이
짖는 소리, 자궁이 짖는 소리, 정로환을 먹는다, 초인종이
서른네 번, 울리다 끊긴다, 정로환을, 네 어미가 제 똥을 먹
고 있을 때 너는 어디 있었지, 바로 옆에 있었는데요, 먹는
다, 살아 있는 거품을, 살아 있는 쇠똥을, 노모(老母)를, 고
의가, 아니었어요, 고의가 아닌 것도 아니었지, 정로환이,
생기지도 않은 핏자국이, 점점 더 붉어진다, 점점 더 번져간
다, 마지막으로 정로환을 먹은 게 언제였나, 정로환이, 먹고
싶다, 완자 어육이, 혓바닥을 살살 녹이는,

사마귀

사마귀
였다, 버썩버썩
내 뒤통수를 씹는 음탕한
턱주가리, 노모(老母)
였다, 스물네 시간 입덧을 하며
입이 아닌 입으로
시커멓게 웃는
사마귀의
하루는 밤이 다섯 번
하루 다섯 번 뼈만 남은 다리로 허리를 감고
송장이 되어 내 배 위에서
굴러떨어져다오, 네가!
죽음보다
흥건한 웃음을 물고
옴쭉옴쭉 나를 우겨넣는 흥건한
가랑이, 흥건한 마중물, 노모
였다, 사마귀
였다.

스너프, 스너프, 스너프

있지, 내가 진짜 보고 싶은 비디오는 스너프야, 당신이
주인공으로 등장하는 스너프. 죽어도 죽어도 죽은 것 같지
가 않지, 당신? 죽은 뒤에도 더, 죽고 싶지? 더 더 더 더 죽
고 싶어

죽겠지? 이 과도한 몸부림, 클라이맥스에서 픽 픽 픽 픽
김이 빠지는, 이 과도한 황홀경, 질구에서 흘러나오는 이 과
도한 연기. 여보, 한 번만 와야 하는 것이 골백번, 와!

골백번 오는, 사랑이 아닌 것은 아닌, 즉사가 아닌 것은 아
닌, 즉, 生. 뭐 먹지, 뭐 먹을까, 뭘 먹어야 하지, 점심? 똥구
멍의 김이 식어가는 동안, 서비스로 나오는 생간과 허파.

즐겁게 먹을 따다가 그대로 멈. 춰. 라. 멈춘 먹은 언제 마저
따게 되나. 삼 분마다 딸꾹질을 하는 화분 속의 촉루(髑髏),
삼 분마다 물을 청하는 화분 속의 촉루.

밀통(密通)

무화과를 먹는다 입 대기 무섭게

입에 쩍쩍 달라붙는 무화과의 입

입에 입을 맞대고 무화과는 나를

나는 무화과를 쭉쭉 소리 내어 빤다

너무 달콤해서 눈이 떠지지 않는

무화과의 입속 귀자(鬼子)야 귀자야

입에 짝짝 들러붙는 몸주의 입

입에 입을 맞대고 나는 귀모(鬼母)를

귀모는 나를 쭉쭉 소리 내어 빤다

보나파르트 공주의 초상

—니애비는내자궁에씨를뱉었어침을뱉듯이그게다야

—불에타죽었는데사인(死因)이변비라니

—변기처럼질문이없어신은

—당신과난낙타야오금이잘린채서로의무덤위에앉아있는
낙타

—그런구더기같은인간을왜감싸는걸까

—나하고진정으로하고싶어한건내오른손뿐이었어

—찢어지도록건조한음부에증후적독해를요하는섹스라

—보내주신시집은잘받았습니다시가정말좋습니다거미줄
로밑을훔치는느낌이랄지

—왜내가알아야하지아버지가지금막숨졌다는걸

—롤러코스터에서안내리고죽는수는없을까

—놈은정액으로어미를접대했지그게바로모자(母子)간의

진정한로망아냐

　—밤이낳고밤이먹는밤의아들들내가낳고내가먹는나의아
들들

　—절정에서대개우는구나하품들은

　—오프너로병마개를뽑을때마다누군가의눈을뽑아내는느
낌이들어

　—하나같이살쳐분당하는오리꼴이군우왕좌왕눈들을덮어
쓰고

　—꿈에본금돼지는먹을따자마자선생으로변했지

　—칠년만에처음웃었어

　—

　—

누가, 또

누가 또 뽀글뽀글 물방귀를 뀌어대나
이렇게 썩은 물은 처음 보는 물 밑에서
여기 나 있어…… 그 누가 한입 가득
지렁이를 물고 웃나 썩은 쥐 썩은 뱀
썩은 개 썩은 탯줄 목젖까지 개흙으로
가득 찬 누가 *여기 나 있어*…… 웃고
있나 이 한밤 얼굴보다 더 큰 틀니를
끼고 누가 또 내 몸속에 **첨벙!** 몸을
던지나

아주아주 푸른 자오선

　나는 나팔꽃을 피우고 내 혀를 먹이고 나는 나팔꽃을 피우고 내 귀를 먹이고 나는 나팔꽃을 피우고 내 쓸개를 먹이고 나팔꽃이 나팔꽃을 내 몸이 내 몸을 죽어라 감고 감기고 죽어라 죽어라 타 오르고 타 올라 훌훌 뛰고 뛰놀고 내 넝쿨이 내 목을 죽어라 죽어라 죽어라 죄고 죄이고 겨겨우 나팔꽃 자오선을 겨겨우 타넘어 나팔꽃은 나팔꽃을 온전히 나팔꽃에게 바치고 나는 나를 온전히 나에게 바치고 파르르르 눈꺼풀을 떨고 떨리고 나를 빨아올리는 나팔꽃 흡반 나팔꽃 태반 피도 눈물도 없고 아주아주 파랗고

그늘왕거미

죽은 듯이 기다린다 어머니는
죽을 듯이 기다린다

볼록렌즈로 모은 햇살로 나는 어머니 왼쪽 눈을 태워본다

어머니 눈에서 한가닥 연기가 흘러나온다 숨을
참는 어머니

죽일 듯이, 죽을 듯이 기다리는 어머니

더 많은 햇살을 모아 나는 오른쪽 눈을 마저 태워본다

어머니 눈에서 한줄기 노오란 오줌이 흘러내린다 입도
달싹하지 않는 어머니

이가 다 빠진 회색 잇몸을 혀끝으로
찬찬히

훑고 있는 어머니

거품의 탄생 2

덜 찬 맥주잔 속에서
왜 내가 또 태어나나
거품에 거품을 물고
트림에 트림을 물고

하나같이 십등신에
하나같이 구등신이
입술에 입술을 물고
음문에 음문을 물고
거듭나나 어쩌자고

어쩌자고 당일치기로
하나같이 초조한 첩첩이
초조한 내가 시를 너무
잘 쓰는 게 지병인 내가
내 오줌을 받아 마시며

오줌을 마신 후 또
무엇을 마시면 좋으려고
거품까지 마신 후 또
무엇을 마시면 좋으려고

십팔번, 요비링

찌리리 찌리리 요비링이 울리고
지릿한 밤공기 지릿한 요비링이
울리고 나는 저 오래된 여인숙
긴 밤 자는 손님을 맞으러 가네
蛔蟲 같은 손가락 창백한 손님
찌리리 찌리리 요비링을 울리면
빈대 血痕 點點한 빈대 혈흔 묵
묵한 긴 밤 손님을 재우러 가네
금쪽 같은 십팔번 기막히게 기름진
기막히게 음탕한 옛 노래를 부르
러 코 없는 밤에

십팔번, 낭미초(狼尾草)

대실 이만오천 원 숙박 삼만 원
허여멀건 암퇘지 가죽으로 벽을
바른 방에서 털끝 하나 안 건드
리고 그냥 주무시려고요 언제나
결정적인 찰나에 깨고 마는 결
정적인 꿈 호접몽인가요 귀접몽
인가요 유월이라 초사흘 님은
성성이 입술을 잡수시구요 저는
두루치기를 시켜 먹고요 티비
앞에 부스럭부스럭 신문지 깔면
밥숟가락 위에 유유히 파서 올
려놓는 귀신 코딱지 하룻밤에
물벼룩 천 마리가 죽어 나가는
퀴퀴한 강변 여인숙 오요요요
내 손바닥 위에 오요요 님의 낭
미초 바르르르 콧김에도 떠는
낭미초

프렐류드

변기 속에서
사마귀를 보기 시작하면, 그 사마귀와
허물없는 사이가 되기 시작하면, 벌건 대낮에
내 집 개가 나를 보고 길길이 짖기
시작하면, 있는 줄도
몰랐던 것이
문을 열 때마다 문밖에 서 있기
시작하면, 징글징글한 전처(前妻)처럼
우연히 마주치고
못 피하고
마주치기 시작하면, 에스컬레이터에서 똥을 밟기
시작하면, 내 발에만 미끈덩
밟히기 시작하면, 손을
대는 곳마다 불탄 자국이
남기 시작하면, 손톱에서 발톱이 길어나오기
시작하면, 가방 속의 불길한 습득물이 꽃을
피우기 시작하면, 꽃잎 하나
없는 꽃이 말똥말똥
피기 시작하면,
낯짝도 없이
빠안히
쳐다보기 시작하면,

뻐드렁니

세상에서 가장 심드렁한 뻐드렁니
당신이 맘에 들어 내 면상에 대고
빠끔빠끔 연기 도넛을 만드는 당신
그 도넛에다 대고 빠구리를 해대는
당신이 맘에 들어 정말로 맘에 들어
당신을 본 사람이 아무도 없는 당신
돌아서서 가는 사람을 왜 부르는 썩은
달걀 냄새 자꾸자꾸 불러 멈추게 하는
당신이 마음에 들어 정말로 맘에 들어
한쪽 불알은 얼음 오렌지 한쪽 불알은
상한 오렌지 손가락이 푹푹 들어가는
시커먼 오렌지 꽝꽝 얼어붙으면서 질질
녹아내리는 당신이 맘에 들어 입술을
똥구멍처럼 오므리고서 빠끔빠끔
도넛을 불어 날리는 세상에서 가장
심드렁한 뻐드렁니 당신이 맘에 들어

5분이 지났다

중절모에 새똥이 떨어진 지 5분이 지났다

당신이 벌떡 일어선 지 5분이 지났다

어머니가 혀를 못 놀린 지 5분이 지났다

옛날이 흘러간 지 5분이 지났다

죽은 잎을 따버린 지 5분이 지났다

하느님을 믿기 시작한 지 5분이 지났다

내가 새사람이 된 지 5분이 지났다

머리카락에 불이 붙은 지 5분이 지났다

내가 이 꿈에 등장한 지 5분이 지났다

(속삭이듯이)

    나야, 당신이 꿈꾸는 대자대비(大慈大悲)한 음부, 나야,
나, 밤이면 밤마다 당신이 손가락을 먹이는, 점점 더 많은
침을 발라가며 먹이는, 나야, 그 누구의 구멍도 아닌 낙지
구멍, 나야, 나, 꼬박꼬박 내 손으로 열반에 드는, 열반의 문
지방에서 너털웃음 치는, 너털웃음 치는 음문, 나야, 당신
이 꿈꾸는 동체대비(同體大悲)한 음부, 눈을 떼려야 뗄 수
가 없는, 돌리려야 돌릴 수가 없는, 나야, 나, 당신과 눈이
딱딱 마주치는 당신이야,

피에타 시뇨레

혀로
거울을
핥는다

거울 속의 하느님을 핥는다

혀에 혀를 맞대고
하느님도
마주
핥아주신다

못 박힌 혀에 못 박힌 혀를 맞대고

음부(淫父)와
음모(淫母)와
음자(淫子)의

하느님

Ver. 1. 발화

머리카락에 불이 붙는데, 개가 짖는다
입술에 불이 붙는데, 개가 짖는다
혀에 불이 막 옮겨 붙는데, 개가 짖는다
불붙은 머리가 발등 위로 굴러떨어지는데, 개가 짖는다
배꼽에서 용암이 흘러내리는데, 개가 짖는다
불타는 자갈이 혈관 속을 구르는데, 개가 짖는다
소리에서 허연 김이 올라오는데, 개가 짖는다
소리에 마악 불이 옮겨 붙는데, 개가 짖는다
내 육즙이 뜨거워 훌훌 뛰는데, 개가 짖는다

사련(邪戀)

널빤지 위에 새 한 무더기가 쌓여 있었다 소리를 완전히
죽인 채 분쇄기가 돌아가고 있었다 눈을 파서 버린 새였다
차가운 기름이 가장자리로 흘러내리고 있었다 독성 폐기물
드럼에 기대어 미지근한 윤활유를 마셨다 내게 일어날 수
있는 가장 더러운 일은 아직 일어나지 않고 있었다 항문으
로 대팻밥을 꽉꽉 밀어넣었다 파인 눈구멍으로 대팻밥이 밀
려나왔다

모퉁이만
돌면
종말 처리장이었다 *사련에서*
사련으로 가는 길, 달이

붉게 떠
올랐다

피 묻은
쇠처럼

용문(龍門)의 뒷맛

모든 것을 용서할 수 있는 맛이었어, 무서운 지렛대였어,

냄새만 맡아도 살 것 같은 음문이었어, 냄새만 맡아도 미

칠 것 같은 질문이었어, 지칠 줄 모르고 반복되는 후렴이

었어, 지칠 줄 모르는 후렴의 후장이었어, 웃으며 건너는

썩은 출렁다리였어, 썩은 다리 위에서 흔들거리는 회중

시계였어, 백발삼천장의 음몽이었어, 내 몸이 용문 객잔

이었어, 더러움 뒤에 있는 환희, 더러움 뒤에 있는 용문

이었어, 용문의 뒷맛이었어,

환향

당나귀야
당나귀야

침대 밑에서 줄방귀를 뀌고 있는 당나귀야

귀 떼고 좆 떼고 소리만 남은 당나귀야
귀 떼고 좆 떼고 냄새만 남은 내 당나귀야

가자 가자 어서 가자 죽은 아부지
똥구멍 벌려 기다리신다

어서

에필로그

　너는 네가 몇 살인지 모른다. 너는 너무 늙어 가죽이 다
벗겨지고 뼈가 살을 뚫고 나와 있다. *찌그러진 젖통이에 좆
까지 합쳐 단 노파 놈.* 너는 네가 노인인지 노파인지도 모른
다. 네 원수는 벌써 너를 잊었다. 네 성기조차도 너를 잊었
다. 너는 가공의 하늘에 떠 있는 가공의 구름이다. 마술사는
너를 무대 위의 허공에 둥둥 떠 있게 하고는 그냥 가버렸다.

김언희 1953년 경남 진주에서 출생했다. 1989년 『현대시학』으로 등단했다. 시집으로 『트렁크』 『말라죽은 앵두나무 아래 잠자는 저 여자』 『뜻밖의 대답』이 있다.

문학동네시인선 004

요즘 우울하십니까?

ⓒ 김언희 2011

1판 1쇄 2011년 4월 15일
1판 7쇄 2025년 7월 8일

지은이 | 김언희
책임편집 | 김민정
편집 | 정세랑
디자인 | 수류산방(樹流山房) 본문 디자인 | 유현아
저작권 | 박지영 형소진 오서영 조경은
마케팅 | 정민호 서지화 한민아 이민경 왕지경 정유진 정경주 김수인 김혜원
 김예진 나현후 이서진
브랜딩 | 함유지 박민재 이송이 김희숙 박다솔 조다현 김하연 이준희
제작 | 강신은 김동욱 이순호
제작처 | 영신사

펴낸곳 | (주)문학동네
펴낸이 | 김소영
출판등록 | 1993년 10월 22일 제2003-000045호
주소 | 10881 경기도 파주시 회동길 210
전자우편 | editor@munhak.com
대표전화 | 031) 955-8888 팩스 | 031) 955-8855
문학동네카페 | http://cafe.naver.com/mhdn
인스타그램 | @munhakdongne 트위터 | @munhakdongne
북클럽문학동네 | http://bookclubmunhak.com

ISBN 978-89-546-1437-5 03810

www.munhak.com

문학동네